Het geheim van de verdwenen dieren

PSSST! Ken jij deze GEHEIM-boeken al?

Winnaars van de GEHEIM-schrijfwedstrijd!

Heb jij een spannend idee voor een boek? Doe mee op
www.geheimvan.nl of **www.leesleeuw.nl**

Marijn Backer

Het geheim van de verdwenen dieren

Met tekeningen van Saskia Halfmouw

LEOPOLD / AMSTERDAM

AVI 7

Eerste druk 2009

© 2009 tekst: Marijn Backer

© 2009 illustraties: Saskia Halfmouw

Omslagontwerp: Rob Galema

Uitgeverij Leopold, Amsterdam / www.leopold.nl

ISBN 978 90 258 5280 1 / NUR 282

Mixed Sources
Productgroep uit goed beheerde bossen
en andere gecontroleerde bronnen.
www.fsc.org Cert no. CU-COC-803902
© 1996 Forest Stewardship Council

Uitgeverij Leopold drukt haar boeken op papier met het FSC-keurmerk.
Zo helpen we waardevolle oerbossen te behouden.

Inhoud

Een bijzonder cadeau

'Papa, morgen, weet je...'

Julia kneep in de hand van haar vader.

'Ja, Juultje, ik weet het. Elf jaar word je morgen alweer.'

Julia's vader sloeg de kreukels uit haar dekbed en drukte een kus op haar voorhoofd.

'Wacht, pap, krijg ik een hond morgen?'

'Jij krijgt morgen een bijzonder cadeau, Juultje,' antwoordde haar vader. 'Jij krijgt een verjaardag om nooit te vergeten.'

'Mam, wat krijg ik morgen?' vroeg Julia toen haar moeder haar onderstopte.

'Goh, meis, ben je morgen jarig? O jee...'

Toen haar moeder zo namaak-verbaasd deed, wist Julia het zeker: ik krijg het hondje uit de dierenwinkel.

Al drie jaar lang zag haar verlanglijstje er zo uit:

Heel graag wil ik EEN HOND *(het liefst) (het superliefst)*
En verder wil ik:
hondenmand of lekker ligkussen
hondenkoekjes
hondenriem
(PS: het liefst wil ik het grijze hondje uit de nieuwe Dierenwinkel in de Strosteeg, alsjeblieeeft?)

Julia draaide van haar linkerzij op haar rug en van haar

rug op haar rechterzij. Ze dacht: als ik mijn cadeau bij het ontbijt krijg, dan moet het hondje al ergens in huis zijn. En als het hondje in huis is: waar is het dan?

In de kelder? In de studeerkamer?

En als ze het hondje morgenochtend kreeg, zou ze het dan mee naar school mogen nemen?

En hoe zou ze het hondje noemen?

Namen bedenken, dat is wel het leukst om te doen. Ploef is een leuke naam. Of Rikkie? Of Pippeloen?

Toen haar ouders naar bed gingen, sliep Julia nog niet. Ze hoorde haar moeder onder de douche, ze hoorde de haarföhn, de elektrische tandenborstel en daarna de tv. Toen kwam haar vader de trap op. Hij praatte met haar moeder maar ze kon hem niet verstaan.

Eindelijk was het stil. Julia sloeg het dekbed weg, sloop de trap af en ging de huiskamer in. De maan scheen op de vloer. De lange kamercactus wierp een spookachtige schaduw. Hoorde Julia iets in de studeerkamer? Hoorde zij de piep- en jankgeluidjes van een hondje dat zit opgesloten en de kamer uit wil?

Ze stond voor de deur, haar hand lag op de klink.

Ze ging de studeerkamer niet binnen. Ze hoorde geen piep- en jankgeluidjes. Ze hoorde helemaal niets. Ze wilde zo graag een hond dat ze niet durfde te denken dat ze misschien geen hond kreeg. Ze opende de koelkast en dronk een glas appelsap. In de kamer hingen geen slingers, op tafel lagen geen pakjes.

Julia kroop weer in bed. Pippeloen was de liefste naam.

Kleine, lieve Pippeloen. Waar zou ze gaan wandelen met Pippeloen? En moest ze ook een schep en een zakje meenemen?

Julia werd wakker van een wekker. De wekker stond op half acht.

Pas toen ze in de badkamer stond, dacht ze: sinds wanneer heb ik een wekker?

'Is de wekker naast mijn bed het bijzondere cadeau van papa?'

Julia's moeder zat in haar kamerjas op de bank en keek naar het ochtendnieuws.

'Heb ik de wekker naast mijn bed van papa?' vroeg Julia opnieuw.

'Ja, schatje, leuke grap toch? Kom eens bij me, je bent jarig! Elf jaar, wat word je al groot!' Julia was niet superdol op ochtendknuffels, maar als je jarig bent dan wil je wel een knuffel.

'Je vader heeft nog een echt bijzonder cadeau voor je.'

Julia's hart sprong op. Zou het...? Zou ze...?

Misschien hadden haar ouders tegen elkaar gezegd: 'Zullen we voor één keer onze hand over ons hart strijken? Ze is ons enige kind. Ze heeft een vriendje nodig,'

En misschien waren ze toen samen naar de dierenwinkel gelopen en hadden in de etalage de jonge hondjes zien slapen. Drie donzige diertjes die met hun twaalf pootjes en drie kopjes en drie staarten samen op één warm slaapdier lijken.

Misschien waren ze zelfs de winkel in gestapt en hadden ze gevraagd naar het grijze hondje. Of ze het even

mochten vasthouden, of het een teefje of een reutje was, of het al zindelijk was. En toen had de dierenverkoper gezegd: 'Mijnheer, mevrouw: dit is een wonderhondje, het heet Pippeloen. Heeft uw dochter Pippeloen op haar verjaardag gevraagd? Geef het haar. Luister naar mij, geef het! U zult zelf als een kind zo blij zijn met het diertje.'

Zal ik langs de dierenwinkel fietsen? dacht Julia. Eigenlijk bedacht ze dat helemaal niet: ze fietste het steegje al in.

Het rolluik voor de etalage was neer. De winkel was dicht.

Logisch natuurlijk: om vijf voor half negen zijn dierenwinkels dicht.

In de dierenwinkel

De uren op school duurden zo lang! De wijzers van de klok boven de deur waren zo sloom!

Julia tekende hondjes in haar schrift. Ze tuurde uit het raam, maakte een paar sommen, gaapte en tekende verder. Nou ja, tekenen kon ze niet, dikke mormeltjes waren het, mollen met pootjes.

'Je vader heeft nog een echt bijzonder cadeautje voor je,' had mama gezegd.

Maar wat dan? Wat dan?

Toen de schooldag eindelijk om was, racete Julia naar huis.

'Wat heb je gekregen, Juul?'

Bo riep haar. Bo woont aan de overkant van de straat. Hij is twee maanden jonger dan Julia, zit een groep lager en heeft een spleetje tussen zijn voortanden.

'Een wekker!' schreeuwde ze.

Bo liep naar haar toe. 'Krijg je een hond?'

Julia kon geen 'nee' zeggen. Als ze 'nee' zei, dan kreeg ze zeker geen hond, dat wist ze.

'Ik ga naar binnen,' zei ze.

Ze hing haar jas netjes aan de kapstok, riep 'hoi, ik ben thuis' en wachtte. Zou ze de kamer binnen gaan? Moest ze wachten tot ze werd geroepen?

Ze keek naar het schilderij boven het schoenenkastje.

'Hoi, hallo, ik ben thuis,' riep ze weer. 'Mam?'

Julia opende de kamerdeur. Op de eettafel in de achterkamer stond een 'ding'.

'Pap?'

Zo'n ding had Julia wel eens gezien. Het was een soort verrekijkding voor dichtbij. Daarmee kon je kleine beestjes bekijken.

'Wat vind je ervan?'

Haar vader stond in de deuropening van zijn studeerkamer.

'Komt mijn kleine jarige bioloog even in mijn armen?' vroeg hij blij. 'Weet je wat het is? Weet je wat een microscoop is? Hij is antiek.'

Julia liet zich omhelzen. Oké dan. Oké. Ze kreeg dus geen Pippeloen.

'Het was een duur koopje,' ging haar vader door. 'Ben je blij?'

'Heel blij, echt waar,' zei Julia. 'Waar is mama?'

'Naar de stad. Ze wist nóg een leuk cadeautje voor je. Wat ga je bekijken?'

Julia keek haar vader aan. Bekijken?

'Door je microscoop, wat ga je bestuderen?'

'Minihondjes,' zei Julia. 'Mag ik naar buiten?'

'Natuurlijk, natuurlijk.' Haar vader was in zijn nopjes. Zo'n mooi cadeau, dat had hij zelf wel willen krijgen.

Julia ging weer naar buiten.

'En?' vroeg Bo. 'Heb je een hond gekregen?'

'Wil je even met me mee?' vroeg Julia.

'Waarheen?'

'Ik wil naar de dierenwinkel.'

'Waarom?'

'Kom, ik ben jarig. Je moet doen wat ik wil.'

Bo deed altijd wat zij wilde, dat wist ze wel. Hij sprong al achter op de fiets.

'Wil je een riem kopen?' vroeg hij. 'Heb je nou een hond gekregen?'

'Nee, sukkel.'

'Jammer,' zei Bo. 'Je wilde toch heel graag een hond?'

Julia knikte. Ze fietste snel. Ze voelde een steekje verdriet. Haar ouders begrepen haar niet. Haar ouders wisten niet hoe graag zij een hondje wilde. Ze voelde de wind langs haar oren en fietste sneller.

'Is de dierenwinkel in dit enge straatje?' vroeg Bo.

Julia zette haar fiets op slot.

'Het stinkt hier,' klaagde Bo.

Julia keek naar de overhellende huizen en de dichtgetimmerde ramen. Bo had gelijk, het was geen gezellige steeg.

'Hier is het al. Kijk.' Julia leunde met haar voorhoofd tegen de etalageruit. 'Nee!' riep ze. 'Ze zijn weg.'

'Weg? Wie zijn weg?'

'De hondjes zijn weg.'

'Er zitten wel chinchilla's,' zei Bo.

Julia dacht aan de woorden van haar vader. *Ze wist nóg een leuk cadeautje voor je.* Had hij met dat cadeautje Pippeloen bedoeld? Zou haar moeder straks zeggen: 'Julia, grote dochter van me. Omdat je nu al elf bent, daarom geven we je een kameraadje.' En dan zou de deur van papa's werkkamer opengaan en dan zat daar op zijn gekke grijze hondenkontje: Pippeloen.

'Ik wil het weten,' zei ze. 'Ik moet het weten. Kom je mee?'

'Ik zie een aap,' riep Bo.

'Een aap? Waar?' Julia zag wat Bo zag. Een aap, achter in de winkel, in een kooi.

'De deur klemt,' zei Julia. 'Help eens.'

Bo opende de deur met zo'n klap dat Julia bang was dat de winkelier boos zou zijn.

Maar er was geen winkelier. Het bleef stil. En toch leefde de winkel. Julia hoorde de dieren. Konijnen, honden, ratten, chinchilla's. En de aap. Stapje voor stapje liep ze de winkel in.

'Ik durf niet, hoor,' zei Bo zacht.

Julia gaf geen antwoord. Ze liep van kooi naar kooi en ze zag in alle ogen dezelfde blik: waarom zit ik opgesloten? Ik snap het niet. Waarom?

Ze hurkte voor de kooi van de aap. 'Hé aapje, wie ben jij?'

De aap schoof een stukje naar achter.

'Waarom ben je hier, aapje?' vroeg Julia. 'Waar zijn de bomen waar je in klimt? Waarom zit je in deze winkel?'

'Julia, dat mag niet.'

Julia had het slotje van de kooi vastgepakt.

'Julia, pas op, er komt iemand.'

Julia hoorde aan Bo's stem dat hij geen grap maakte. Ze stond net op tijd naast hem.

Een vierkante Chinese man en een kleinere man met een rood gezicht stapten de winkel in.

'Goedemiddag dames,' zei de man met het rode gezicht. 'Zijn jullie verdwaald?'

'Huh?' deed Bo.

'We komen voor de hondjes,' zei Julia. 'Wij waren benieuwd. Gisteren waren er drie. Zijn ze verkocht?'

'Zo, zo,' zei de man met een vreemde stem. 'Zijn jullie benieuwd?'

Julia knikte. Bo stond op haar tenen. Waarom deed hij dat? Wat was er?

'Zijn de hondjes verkocht?' vroeg Julia weer.

De Chinese man die voor de kooi van de aap zat, zei: 'Érg vet is aapmans niet, Stef.'

Julia keek Bo vragend aan.

'De pups zijn inderdaad verkocht,' zei de man. 'Willen jullie nu weggaan? De winkel is gesloten.'

Hij legde zijn hand op de schouder van Julia. 'Of willen jullie soms ook in een kooitje?'

Weg, die hand! dacht Julia. Blijf van me af. Ze deed een stap naar achteren.

'Jonge hondjes zijn malser dan apen,' lachte de Chinese man. 'En apenvlees is van zichzelf al mals. Voor een broodje aap is dit beestje wel geschikt. Krijg ik dit zielige beestje van je, Stef? Of zal ik dat magere ventje nemen?'

'Bedoelt hij mij?' vroeg Bo aan Julia.

De twee mannen lachten.

'Jij bent niet mager,' zei Julia. 'Kom, we gaan.'

Bo liep de winkel uit en ging direct naar zijn fiets. Julia bleef voor de etalage staan. In die bak daar in de etalage, daar sliep Pippeloen gisteren. En nu? Nu was Pippeloen verkocht.

'Julia, kom!' riep Bo.

Julia gluurde naar de mannen achter in de winkel. Ze kon hem niet goed zien, maar wat deed de man met het rode gezicht? Stopte hij een konijn in een tas?

'Julia!'

Julia's oren suisden.

De man met het rode gezicht schreef iets in een groot schrift. Een bestelling, zeker weten, het was een bestelling voor de Chinees. Maar de Chinees had haar door, hij zag haar.

16

'Wat zie je toch?' riep Bo. 'Kom.'

Julia liep naar Bo toe.

'Dit is geen echte dierenwinkel, Bo. Volgens mij doen ze hier iets raars met dieren. Kijk! Zie je hem?'

Ze zagen de Chinese man de winkel uit stappen.

'Hij werkt in het restaurant,' zei Julia.

'Welk restaurant?' vroeg Bo.

'Naast de dierenwinkel kun je meeneemloempia's kopen bij een Chinees restaurant. Je kunt er ook eten. In de tas van die man zit een konijn. Om op te eten, denk ik. Ik denk dat hij ze bakt.'

'Bakt hij konijnen?'

'Weet ik veel. Misschien kookt hij konijnen. Misschien maakt hij er soep van.'

'Wajoo... wat gemeen! Ze wilden ons ook opsluiten. En ze hebben de pups ook opgegeten.'

'Bootje, hoe wéét je dat nou?' Julia was boos. Boos en bang. Boos omdat Bo dingen zei die ze niet wilde horen. Ze wilde ze niet horen omdat ze bang was dat het klopte.

'Chinezen eten hond. En aap. En kat. Daarom weet ik het,' zei Bo.

'Dan gaan we terug naar de winkel,' zei Julia.

'Nee,' zei Bo. 'Ik wil naar huis.'

Julia aarzelde. Had de man niet gezegd: 'De pups zijn verkocht?' Misschien was Pippeloen toch thuis. Misschien moest de verrassing nog komen.

'Wil je een stuk taart?' vroeg Julia toen ze voor haar huis stonden.

Bo wilde graag taart.

'Heb jij geen slingers en ballonnen?' vroeg hij toen hij de kamer in kwam.

'Ik hou niet van ballonnen,' zei Julia.

Haar moeder knikte. Ze wees naar een cadeau op tafel. Een groot pak.

Julia begreep het al. Ze peuterde het papier los.

'Een hond!' riep Bo.

Julia's moeder lachte. Een grote hondenknuffel was het, met een rood riempje. Heel zacht, heel lief, maar geen Pippeloen.

'Wil je een moorkop, liefje?'

Natuurlijk. Maar een moorkop is geen Pippeloen. Julia prikte haar vorkje in de chocola.

Haar vader maakte foto's. 'Heb je nog voornemens?' vroeg hij.

Julia pakte een servet. 'Bo en ik worden vegetariër,' zei ze.

'Wat zeg je?' vroeg Julia's moeder.

'Bo en ik eten nooit meer vlees. Vlees is dood beest. Toch, Bo?'

Bo likte aan zijn vingers en keek Julia aan met een blik alsof hij wilde zeggen: 'Hoe verzin je het?'

'Houd je niet van vlees?' vroeg Julia's vader.

'Jawel. Maar Julia en ik zijn dierenvrienden. Wij eten geen vrienden op.'

Klopt, dacht Julia. Ze vond dat Bo dat erg goed had gezegd.

Een broodje aap

'Wat een stom cadeau is die wekker, mam,' zei Julia de dag na haar verjaardag. 'Ik wil liever dat jullie me wakker maken.'

'Je bent nu tenminste op tijd, meis,' zei haar moeder.

Dat was waar. Julia was zo op tijd dat ze weer langs de dierenwinkel fietste. De winkel was dicht. Achter het rolluik zaten de dieren in hun hokken te wachten tot het licht werd. Tot er iemand kwam met eten, met een aardig woordje. Arme dieren.

Mag een dierenwinkel konijnen verkopen aan een restaurant?

Julia las de menukaart van het restaurant.

Bami. Nasi. Niets bijzonders. Pekingeend. Slakken.

Maar toen zag Julia het dagmenu: WILD. VERS VAN HET MES.

Vers van het mes. Julia werd zo misselijk dat ze moest gaan zitten. Ze zat tussen de glasscherven, loempiapapiertjes en platgetrapte blikjes op de straatstenen.

Ze wist weer wat ze had gedroomd toen de wekker rinkelde.

Pippeloen stond op tafel in het restaurant. Ze kwispelde. Ze wilde op haar afkomen. Maar toen hoorde ze iemand 'kroket' zeggen.

'Kom jij eens hier, kleine grijze kroket.'

Nu ze voor het restaurant stond, hoorde ze de droom-
stem weer. 'Kom jij eens hier, kleine kroket. We gaan jou
lekker frituren.'

Na school vond Julia Bo in het knikkerhoekje.
'Bo, wil je even naar me luisteren?'
'Nu? Ik ben aan het knikkeren,' sputterde Bo.
'Ik heb van Pippeloen gedroomd,' zei Julia snel. 'Pip-
peloen is een van de hondjes uit de dierenwinkel.'
    'Oow,' zei Bo niet erg geïnteresseerd.
'We moeten naar de dierenwinkel, Bo. Er is iets mis in
die winkel. Weet je nog die dierentuin met die *Animal
Cops* op *Animal Planet?*'
    Bo dacht na.
'In Amerika. Weet je nog? Ze fokten er dieren en verkochten ze aan ziekenhuizen.'
    'Aan ziekenhuizen?'
    'Om dierproeven te doen, weet je dat niet meer?'
    'En dus?' Bo had duidelijk geen zin.
'We moeten de dieren helpen, Bo. Je hebt die aap toch
zelf gezien? We moeten erheen.'
    'Eerst mijn potje afmaken,' zei Bo.
    Bo en zijn knikkerzak. Soms leek hij zo'n kleine jon-
gen, vond Julia. Ze ging op een muurtje zitten. Ze dacht
diep na. Maar wat dacht ze eigenlijk? Ik moet Pippeloen
redden. Dat ene zinnetje, dat dacht ze steeds weer. Hoelang duurt een potje?

Julia liep weer naar het knikkerhoekje.
    'Zijn wij vrienden, Bo?' vroeg ze terwijl ze toekeek hoe

zijn knikker eerst in en toen weer uit het kuiltje rolde.

'Kijk nou wat je doet.' Bo klonk geërgerd.

'Je zou meegaan, Bo. Dat heb je beloofd.'

Bo zweeg.

'We gaan een broodje aap eten.'

'Huh?'

'Ja. Ik leg het onderweg wel uit. Kom.'

'Maar...'

'Bo, je laat mij toch niet alleen gaan?' vroeg Julia. 'Ik durf niet alleen. Die Chinese man wilde die aap kopen, weet je nog? Als wij nu bij de Chinees een broodje aap bestellen, dan hebben we het bewijs.'

'Maar dan is de aap dood.'

'Ja. Maar dan weten we het wel,' zei ze. 'En dan gaan we naar de politie.'

Bo zuchtte.

'Je hebt toch al verloren,' lachte Julia.

Julia koos een tafel bij de uitgang. Het was druk. Een groep bejaarden zat te rijsttafelen. Ze kwebbelden als schoolkinderen op een schoolreis. Een vrouw knoeide op haar boezem. Dat vond iedereen erg grappig.

De ober droeg een zware Harry Potter bril.

'Hai,' zei hij. 'Hebben jullie een feestje samen?'

Julia keek naar Bo.

'Ja,' zei hij. 'Zij was gisteren jarig.'

De ober feliciteerde haar en streek het tafelkleed glad.

'Hebt u de menukaart?' Julia hoorde haar stem trillen.

De ober bracht twee menukaarten. 'Iets drinken?' vroeg hij.

'O ja, hoor,' zei Bo. 'Ik wil icetea. Jij, Julia?'

Julia begon te blozen. Icetea? Nee, ze wilde niets drinken.

Ze had geen geld. Verkochten ze broodjes aap, dat wilde ze weten. En als dat zo was, opstaan en weggaan. Dat was het plan.

Maar daar kwam de ober al.

'Hebt u een broodje aap?' vroeg Julia. Als ze nou snel was, als Bo nog niet gedronken had van zijn glas, dan

konden ze opstaan en weggaan zonder te betalen. Maar als Bo een slok nam...

'Een broodje aap?' vroeg de ober. 'Hou je me voor de gek?'

'Nee. Aap is lekker, toch,' zei Bo.

'Nooit geproefd,' zei de ober. 'Ik zal eens vragen.'

'Hij vindt het gek,' zei Bo. Hij nam zijn icetea, maar Julia duwde zijn arm omlaag.

'Het is ook gek, Bo. Een broodje koe ook. Het is gek als je een broodje aap of een broodje koe eet. Of een broodje Julia...'

'Een broodje Julia? Dat zou ik niet lusten. Waarom mag ik mijn icetea niet drinken?'

'Heb jij geld bij je?'

Bo trok een gek gezicht. Hij ging achterover zitten.

'Wel heb je ooit! Wat een ontoevallig toeval.'

Die stem! Julia en Bo doken ineen. De Chinese man van gisteren. Hij stond bij hun tafeltje.

'Jullie willen een broodje aap bestellen?'

Julia knikte, Bo keek naar het tafelkleed.

'Of hebt u broodjes konijn?' vroeg Julia. Ze bloosde tot in haar tenen.

De Chinese man leunde met twee handen op tafel.

'We hebben elkaar gisteren toch ontmoet?'

'Ja. Ik zag de verkoper een konijn in uw tas doen,' blufte Julia.

'Tjakka,' zei Bo.

De man antwoordde niet. Aan de tafel verderop werd gelachen. De ober kwam naast zijn baas staan.

'Chico, haal even een broodje aap voor mijnheer en

een broodje konijn voor mevrouw. Of willen jullie liever een balletje aap. Balletjes zijn ook erg smakelijk. Of
onze konijnenworst, die is goedkoper. Hebben jullie geld
genoeg? Haal maar broodjes dan. Wacht, ik maak ze zelf
wel.'

'Zie je wel?' fluisterde Julia.

'Hij is een mega enge dierenbeul,' zei Bo. 'Zullen we
weggaan?'

Julia wilde heel graag weggaan. Ze hadden het nu wel
bewezen. Dit restaurant deugde niet. Misschien aten die
bejaarden daar ook beesten uit de dierenwinkel.

'O, jee. Daar komt hij alweer.'

De Chinees zette de bordjes neer. 'Voor de jongeheer
een broodje konijn, voor de jongedame een broodje aap.
Eet u smakelijk.'

Julia kokhalsde. Op haar bord lag een kadetje met een
dikke bruine schijf.

Op Bo's broodje lag een bleker lapje.

De man legde een mes en een vork op tafel en schoof
een stoel naar achteren.

'Zo vaak gebeurt het niet dat ik aap- en konijneters in
mijn restaurant heb,' zei hij. 'Mag ik even bij jullie gaan
zitten?'

Aan de bejaardentafel werd weer gelachen.

'Ik heb de aap goed doorbakken,' zei hij. 'Dan proef je
de echte apensmaak beter.'

Julia keek naar haar bord. Geen haar op haar hoofd
dacht eraan een hap van het broodje te nemen.

'Het konijn is trouwens vers van het mes.'

Julia zat bewegingsloos.

'Of denken jullie dat ik mijn klanten slecht vlees voorzet?'

Julia schudde haar hoofd.

'Of heb ik de bestelling verkeerd verstaan? Wil jij de
aap en jij het konijn?'

'Is dit echt aap?' vroeg Bo.

'Natuurlijk. Vers. En jong. Een paar maanden oud was
het beestje geloof ik. Nog maar net van zijn moeder af.'

'Wat?' Julia geloofde het niet meer.

'Denk je dat ik jullie die oude soepaap van hiernaast
voorzet? Vind je niet dat je broodje er lekker uitziet?'

Bo sloeg zijn armen over elkaar.

'Dus ik doe mijn werk voor niets? Weten jullie hoe duur aap is?'

Een nieuwe blos verwarmde Julia's wangen. 'We hebben geen geld,' zei ze.

'Maar we hebben ook niets gegeten,' zei Bo.

De man zuchtte. 'Jullie hebben besteld. En besteld is besteld. Hoe oud zijn jullie?'

'Ik ben elf,' zei Julia. 'Is dit echt een broodje aap?'

De Chinees lachte kort. Geen echte lach was het, eerder een lach van iemand die eigenlijk boos is.

'Proef maar,' zei hij. 'Je krijgt het van me. Gratis. Kom, ik wil dat je proeft hoe heerlijk aap smaakt. Hap!'

'Het spijt ons maar we...,' begon Bo.

'Nee, nee. Ik zit niet op spijt te wachten. Wat koop ik voor spijt?'

Julia wilde wel door haar stoel zakken.

'Wij eten geen beesten,' zei Bo.

'Aha! Jullie eten geen beesten.'

Bo knikte.

'En dus bestellen jullie een broodje aap en konijn? Omdat jullie geen beesten eten. Moet ik dat snappen?'

'Nee,' zei Julia. 'Wij...'

'Ik snap het wel, hoor,' zei de man. 'Ik snap het uitstekend.'

Er viel een akelige stilte. Julia friemelde aan haar servet.

'Zal ik vertellen wat ik snap?' vroeg de Chinees na een poosje.

Zijn stem klonk eng vriendelijk.

'Omdat ik Chinees ben. Jullie denken dat alle spleet-ogen apen en konijnen eten. En honden natuurlijk. Dat denken jullie.'

'Niet van die spleetogen, dat denken wij niet,' zei Bo.

De Chinees lachte.

'Ik eet geen aap,' zei hij. 'Ik verkoop geen aap. En ook geen hond. Ik heb een net restaurant. En als je het wilt weten: ik vind konijnen lieve dieren. Op jullie broodje zit vegavlees. Proef maar.'

Julia keek de Chinees aan. Ze voelde zich licht worden, blij bijna.

'Weten jullie wel wat een broodje aap is?' De man trok het bord van Bo naar zich toe.

'Een broodje aap is een verhaal dat niet klopt. Een leu-gentje. Jullie denken dat ik aap verkoop maar dat is een broodjeaapverhaal. Het is niet waar. Knoop dat in die roze kroepoekoortjes van je.'

'En die aap in de winkel dan? Die wilde u toch kopen?'

'Aha, ik begrijp het. De aap in de dierenwinkel, zeker, dat beestje wilde ik kopen. Ik wilde hem uit zijn kooi hel-pen. Maar je hebt ook gehoord dat hij niet te koop was.'

'En de hondjes?' vroeg Julia.

De Chinees leunde achterover en trommelde met zijn vingers op zijn buik en vroeg met een vermoeide stem: 'Welke hondjes?'

'De jonge hondjes die weg waren.'

'Kinderen, luister,' begon de Chinees. 'Onthoud dit goed: in mijn restaurant kun je geen aap, konijn en hond eten. Is dat duidelijk? Wat mijn buurman met zijn die-ren doet, daar wil ik niet over praten. Als jullie denken dat hij zijn dieren slecht behandelt, dan hoor je mij geen "nee" zeggen.'

'Verkoopt hij dieren aan ziekenhuizen?' vroeg Julia.

'Ga het hem zelf vragen. Hij doet rare zaakjes, dat denk ik ook. Maar daar heb ik niets mee te maken. Hij is mijn buurman. Willen jullie een loempia? Gratis en voor niets.'

'Sorry,' zei Bo. 'Wij willen niets voor niets. Wij hebben geen geld. Ga je mee, Julia?'

Opgesloten

'Geloof jij hem?' vroeg Julia.

Ze stonden weer in de steeg.

'We stonden mooi voor aap,' zei Bo.

Julia lachte. 'We stonden voor aap en voor konijn.'

'Hij had wel medelijden met de aap, denk ik.'

Julia knikte. Ze dacht weer aan het programma op *Animal Planet* over dieren die aan een ziekenhuis werden verkocht om proeven mee te doen.

'Ga je mee naar huis?' vroeg Bo.

'Nee. Ik wíl weten waar Pippeloen is,' zei Julia. 'Ik zag gisteren dat die man iets in een schrift schreef. In dat schrift staat misschien waar Pippeloen heen is.'

Bo gaf geen antwoord.

'Kom op, Bo. Anders ga ik alleen, hoor...'

'Ik wil niet,' zei Bo.

'Bo, je moet me echt helpen. Jij doet of je een dier wil kopen en dan kan ik het schrift pakken.'

'Ik wil echt niet.'

'Bo, kom op. Weet je wat die Chinees zei? *Als jullie denken dat hij zijn dieren slecht behandelt, dan hoor je mij geen "nee" zeggen. Hij doet rare zaakjes.*'

Bo gaf het op. Hij duwde de deur deze keer zonder klap open.

'Zie jij iemand?'

Julia keek snel de winkel rond. Links, rechts, overal

kooien en hokken. Maar niet de man met het rode gezicht.

'Kijk jij of er iemand komt, Bo.'

Julia liep naar de kassa achter de toonbank. Ze zocht naar het grote schrift. Haar handen trilden, haar hart bonsde, maar ze was vastbesloten.

'Ik zie hem, Julia!' riep Bo.

Julia dook naar de grond.

'De aap zit nog in zijn kooi,' ging Bo verder.

'O, Bo! Sukkel. Let niet op de aap, let op de verkoper.'

Julia zocht in een stapel vergeelde kranten, tijdschriften en pakpapier.

'Er komt iemand aan,' siste Bo.

Bo had gelijk. Julia hoorde gestommel. Iemand die de trap af kwam. Iemand die snel de trap af kwam. Waar konden ze zich verbergen?

Julia zag Bo wegduiken. Ze hoorde de voetstappen dichterbij komen. Ze kroop over de vloer naar Bo. Was ze op tijd? Waren ze ontdekt?

Het was de man met het rode gezicht. Julia herkende zijn stem.

'Natuurlijk,' zei hij. 'Ik maak gehakt van ze.'

Julia zag Bo verstijven.

'Nee, nee, geen sprake van. Ik zie en hoor alles. Wie denkt dat hij mij kan flessen, daar maak ik letterlijk gehakt van.'

De stem was vlakbij. Hij belde met iemand. Julia dook dieper weg.

'Klopt,' zei de stem. 'Zal ik ze...'

Zal ik ze... zal ik ze wat? Julia durfde niet te ademen.

'Is goed, ik zal ze...'

Julia legde een vinger op haar lippen. Bo knikte. Centimeter voor centimeter schoven ze naar achteren.

'Zeker,' zei de stem. 'Als het graf. Maar wacht eens. Ik hoor iets. Heb je even?'

In de kooi naast Bo begon een hond te grommen.

'Waarom gromt die hond ineens zo?'

Julia keek Bo aan. Wat konden ze doen? Opspringen en wegrennen? Of...

De hond werd steeds kwader.

Wegrennen kon niet. Het enige wat kon was...

Julia trok Bo een openstaande kooi in. Op de kooi lag een oude lap die omlaaggleed toen Julia het traliehek dichttrok.

'Wat is er met jou hier aan de hand? Waarom ga je zo tekeer?' De stem was boven hen.

'Nou hou je je kop!' De man schopte tegen de kooi.

'Ja, ja,' praatte hij weer. 'Het zijn muizen, denk ik. Dat beest is gewoonweg wild.'

Muizen? Zij, twee muizen?

Bo maakte een gek geluidje. Julia keek hem streng aan. Niet! Lachen! Bo!

'Wees niet bang. De kooien zitten goed dicht.'

De man trapte weer tegen de kooi. De hond piepte.

'Je komt ze om acht uur halen, prima. Tot dan.'

Julia bleef streng kijken. De hond was stil.

'Waar is verdorie mijn notitieboek nou weer?' zei de man.

Julia zuchtte. Het schrift. Ze had het niet gevonden. Zodra de man zou stoppen met zoeken, zou hij de trap weer op lopen. En zodra hij de trap weer zou op lopen, zou ze de kooi uit komen en het schrift zoeken. En daarna de winkel uit rennen.

'Twee, vier, vijf... zeven,' hoorde ze. 'Een labrador van vijftig euro, een herder van dertig euro, een teckel en een nest pups voor twintig. Vijf katten à tien euro, een nest chinchilla's.'

Julia kneep in Bo's arm. Had hij het gehoord? De man had het over pups, een nest pups!

'Een bak ratten.'

Misschien zat Pippeloen ook in een kooi. Wat een geluk zou dat zijn.

Op dat moment zag ze Bo's ogen verstarren.

'Wat zit er eigenlijk in die ene kooi?' mompelde de man.

Julia begreep het direct. Hij bedoelde hun kooi. Hij kon alleen maar hun kooi bedoelen.

Slof slof...

Hij liep in hun richting.

Wat zou ze zeggen als ze ontdekt werden? 'Sorry, wij zijn per ongeluk in een kooi terechtgekomen? Sorry, we waren in slaap gevallen?'

Slof slof...

De hond in de kooi naast hen begon weer te grommen.

'Zijn jullie zomaar in een kooi in mijn winkel in slaap gevallen?' zou de man dan antwoorden. 'Moet ik dat geloven? Zijn jullie niet wakker geworden van die hond?'

Bo schoof voorzichtig naar Julia toe.

'Eerlijk gezegd denk ik dat jullie mij bespioneren. Vind je dat een rare gedachte? Gisteren waren jullie hier ook.

Slof slof...

De hond gromde zo woest dat het leek of hij dwars door de tralies hun kooi in zou komen.

'Wat jij!' riep de man. 'Wat jij, lelijk vals kreng. Hier, ga maar lekker tegen jezelf blaffen!'

De man gaf een ruk aan de kooi van Bo en Julia. Bo's hoofd bonsde tegen de wand.

'Hé,' zei de man. 'Wat is dat?'

Julia voelde zich slap worden. Ze omarmde Bo en sloot haar ogen. Dit wilde ze niet zien. Ze wilde niet ineens dat rode hoofd zien. Ze wilde de hand niet zien die haar uit de kooi zou sleuren. Ze hoorde Bo ademhalen en wachtte op de hand. De hand die haar aan haar haren zou trekken.

Ze hoorde gemorrel aan de kooi, ze zag de lap bewegen en toen, toen tinkelde plotseling een telefoon.

'Ja, Joop, ja, met Stef. Hallo. Wacht even.'

Hij gaf weer een ruk aan hun kooi en lachte. 'Ik hoop dat ze worst van je maken!' zei hij. 'Leverworst in een tube en dat ze je dan in een sliertje naar buiten knijpen om een boterham mee te besmeren. Of hondenvoer, wat dacht je daarvan. Ze maken een blikje hondenprak van je. Dan houd je je valse bakkes wel! Wat zeg je, Joop? Nee, ik heb het niet tegen jou, nee. Dacht je dat? Hahaha.'

'Doe alsof je slaapt, Bo,' fluisterde Julia.

Zelf schoof ze de lap een stukje opzij. Ze zag het stijve nekhaar van de hond, zag zijn felle tanden. Hij blafte en grauwde als een opgewonden machientje dat boos moet blijven tot het mechaniekje is afgelopen en dan, eenmaal afgelopen, ook plotseling helemaal rustig is. Want zo ging het. Julia zag hem opeens stilstaan, een beetje dom kijken en toen ging hij liggen.

'Hoor je het? Hij gaat de trap op,' fluisterde Bo.

'Heb je gehoord wat hij zonet zei, Bo? Hij zei: "een nest pups voor twintig." Ik zei het je toch? Net als op *Animal Planet*. Hij verkoopt dieren aan iemand. Pippeloen zit ook in een kooi.'

'Volgens mij worden wij ook verkocht,' zei Bo.

'Ja,' zei Julia. 'Ja. Maar we moeten iets bedenken, Bo.'

Bo rammelde aan de kooi. 'Voor het geval je het niet doorhad, hij heeft ons opgesloten.'

'Echt?'

'Met een hangslot.'

Julia zweeg. Een hangslot. Oké dan.

'Wat kunnen we doen?'

'De beesten zitten ook opgesloten, Bo.'

'Nou en? We zouden een schrift zoeken, weet je nog?'

'Maar nu weten we waar Pippeloen is.'

'Pippeloen, Pippeloen. Ik wil naar huis. Heb jij je telefoon bij je?'

'Nee,' zei Julia. 'Jij?'

'Nee,' zei Bo. 'En nog iets, ik moet plassen.'

'Plássen?' Julia had er niet aan gedacht. In een kooi kun je niet plassen. Bo had gelijk. Ze voelde dat ze ook moest.

'Nou zijn we echt dieren,' zei ze. 'Alleen hebben wij geen zaagsel.'

'Ik eis zaagsel,' lachte Bo. 'Of stro. Vind jij stro ook oké?'

'Ssst.'

'Maar ik moet wel plassen,' hield Bo vol.

'Doe het maar in je broek,' zei Julia.

'Net als jij?' vroeg hij.

Julia knikte. 'Waar gaan we naartoe, denk je?' vroeg ze.

'Ik wil naar huis,' zei Bo.

'Kom op, Bo. Wil je dat ze een tube leverworst maken van Pippeloen?'

'Ik weet niet eens hoe die Pippeloen van jou eruitziet,' zei Bo. 'Kijk eens wat ik heb?'

Hij viste een plastic propje uit zijn broekzak.

'We gingen knikkers sorteren vandaag. Mijn vrienden en ik. Durf je?'

Julia bloosde. Plassen in een plastic zakje, welk meisje doet dat?

Bo draaide zich om. Hij durfde. En wat hij durfde, durfde zij ook. Het was niet eens moeilijk. Het was alleen een beetje gek. Een warm zakje plas. Ze kon er net een knoopje in leggen. En ze had niet langer moeten wachten want de man kwam de trap weer af.

Julia hield de lap voorzichtig opzij.

De hond richtte zijn kop op en keek haar aan. Een hond begrijpt natuurlijk niet dat het vreemd is dat kinderen in een kooi zitten, dacht ze. Een hond wacht gewoon tot zijn baas komt.

Ze voelde haar ogen prikken. Die arme hond, die arme Pippeloen, die arme aap.

'Mag ik tegen je aan liggen?' vroeg Bo. 'Ik wil mijn benen strekken.'

Julia spreidde haar armen. Bo vleide zijn rug tegen haar buik. Ze hoorden de man door de winkel scharrelen en daarna de winkeldeur dichtslaan.

'Heb jij ook honger?' vroeg Bo.

'Nee,' zei Julia.

'En dorst?'

'Ook niet.'

Ze zwegen een tijdje. Julia dacht aan haar ouders. Dat ze op de klok zouden kijken en zouden zeggen: 'Waar blijft ze toch?'

'Ik krijg echt een zieke pijn aan mijn kont van die kooi,' mopperde Bo.

'Je zeurt, Bo.'

'O ja? Zeur ik? Lig jij wel lekker? Ik ga schreeuwen, hoor!'

'Bo, alsjeblieft. Denk aan de aap. Je moet de dieren helpen. Als wij het niet doen, wie doet het dan?'

Bo gaf geen antwoord. Hij wilde draaien, Julia maakte zich zo klein mogelijk.

'En als we ontdekt worden?'

'Wie ziet ons, Bo? Er hangt een lap voor de kooi. We worden opgehaald om acht uur.'

'En dan?' vroeg Bo.

'En dan komen we ergens en dan ontsnappen we en dan redden we de dieren.'

Bo zuchtte.

'Bo, je weet het toch zelf ook wel? Deze dierenwinkel heeft een geheim. Er verdwijnen dieren. Weet jij waarheen?'

'Nee. Denk je dat we beroemd worden?' vroeg Bo.

'Beroemd worden boeit me niet. Ik wil de dieren helpen. Ik wil Pippeloen. Help je me?'

'Moet het?'

'Ja, Bo. Het moet. Alsjeblieft?'

'Goed,' zei Bo. 'Ik zit nu toch al opgesloten.'

Op reis

Hoe laat het was?

Julia had geen idee. Ze hoorde stemmen op straat, een kat mauwde zachtjes, Bo draaide zich om en om. Langzaam werd het donker. En toen, met een klap, ging opeens de winkeldeur open.

De lichten gingen aan. Er werd geschoven, geroepen.

'Twintig kooien?' vroeg iemand.

'Achttien,' antwoordde de man met het rode gezicht. 'En boter bij de vis. Eerst afrekenen.'

'Komt goed,' antwoordde de ander. 'Zijn die katjes niet een beetje mager? En die witte hond, wat een karkas is dat. Geef je je beesten wel vreten?'

'Niet zeuren. Ik ben Onze Lieve Heer niet.'

'En die oude aap? Wat is er met hem? Leeft hij nog?'

De stemmen werden onverstaanbaar. De hond gromde af en toe.

'Het gaat nu gebeuren, Bootje,' fluisterde Julia. 'Of we worden ontdekt...'

'Óf we worden niet ontdekt,' zei Bo. Zijn gezicht stond ernstig.

De stemmen keerden terug.

'De rechtse kooi is het. Hoor je dat beest? Die is bloed-link. Naast de kooi met die ouwe lap.'

'Ik heb in de laadbak wel wat dekens,' zei de man. 'Wacht maar.'

De hond sloeg aan en ineens werd het echt donker. Ze zagen niets meer. De hond werd stil.

Hun kooi werd opgetild en weer neergezet. Het ging snel en ruw.

Even was Julia bang dat Bo 'help ons' zou schreeuwen maar hij hield zijn mond. Hij zweeg als een oester.

Het geschok en gesjor stopte. De katten mauwden in koor, een hond piepte.

'Zullen wij ook gaan piepen?' fluisterde Bo. 'Wij zijn toch ook dieren? Piep... hoor je me? Pie-iep.'

'Bo, hoe oud ben je?' vroeg Julia.

Bo lachte. Hij piepte heel zacht in haar oor.

'Kom op, Bo, we zitten in een kooi en jij doet of je vijf bent.'

'O ja?' vroeg Bo. 'Dan heb ik een vraagje. Piepen honden uit hun neus of uit hun bek?'

'Boeien,' zei Julia. 'Piepen is piepen. Weet je het zelf?'

'Nee. Denk je dat ze ons gaan zoeken?'

'Jou niet,' pestte Julia. Maar toen dacht ze: natuurlijk gaan ze ons zoeken. De nieuwslezer zal omroepen: in Utrecht worden twee kinderen vermist.

'De politie vindt ons zeker, Bo. En die dierenhandelaars zullen ons echt niets doen. Ze zien toch dat wij kinderen zijn.'

'Ja,' zei Bo. 'Wij zijn proefdierkinderen. Maar ze gaan ons heus geen schokken geven of insmeren met bijtzalf zodat we smerige zweren krijgen.'

Julia dacht aan Pippeloen.

'En ze gaan onze tenen ook niet afhakken om ons uit

elkaar te kunnen houden, want wíj zijn geen proefdier-
muizen,' ging Bo door.

'Doen ze dat met muizen?' vroeg Julia.

'Ja. En ze gaan ons ook niet kaal scheren...'

'Hou op,' zei Julia 'Ik wil het niet weten.'

'Ik zeg toch dat ze dat niet doen. Ze gaan kinderen
heus niet expres parfum in hun ogen spuiten. Of met
gifshampoo wassen.'

'Stop, Bo. Stop.'

'Oké, ik hou op. Maar ik heb nog steeds honger. Jij
niet?'

'Bo, je zeurt verschrikkelijk. Ik word moe van je. Hé, ik zie je weer. Kun je mij zien?'

'Ik zie je neus,' zei Bo. 'Zullen we een spelletje doen? Hoeveel vingers houd ik omhoog?'

'Zes,' zei Julia.

'Nee, twee. En nu?'

'Het is te donker, Bo. Ik heb geen zin.'

Proefkinderen

Twee uur of vier uur, Julia kon niet schatten hoelang ze onderweg waren. Ze trokken op, stonden stil, reden weer. Julia luisterde naar het gepiep en gemauw in de kooien en naar Bo, die van verveling was ingeslapen en zachtjes snurkte. Eindelijk, na een hele tijd, sloeg de motor af. Een deur klapte dicht.

Julia hoorde zichzelf inademen.

Rustig, dacht ze, nu moet je rustig blijven.

Ze rook frisse lucht. Ze hoorde een hele tijd niets, geen geluid, alleen de stilte van de nacht. Zelfs de dieren waren stil.

Waren ze op de plek van bestemming? En waar was dat dan?

'Bo?'

Bo bewoog.

'Bo, de lap is weg, iedereen kan ons zien.'

Bo keek naar haar alsof hij een vreemd beest zag.

Iemand riep, een stem vlakbij gaf antwoord. De hond gromde weer. De kooi naast hen werd verschoven. Ze hoorde een harde scheet.

Ineens werd hun kooi opgetild. Ze hingen scheef.

Julia zette zich schrap tegen de zijwanden, Bo viel tegen haar aan.

'Rotverrok,' zei iemand. 'Puff.'

De kooi stond weer recht.

Julia zag een half verlicht terrein met hoge hekken. Boven een plat gebouw hing een versleten maan. Ze zag ogen glinsteren in de kooien. Heel even voelde ze zich ook een dier, een zielig dier, maar ze wist dat ze een flink dier moest zijn. Een stoer dier, dat denken kan en begrijpt wat er gebeurt.

'Ik vind het eng hier,' fluisterde Bo. 'Waar zijn we?'

Julia wist het niet.

'Hoor jij ook een hoge zoem?' ging Bo door.

'Ik hoor alleen mijn hart bonzen van angst omdat jij je mond niet houdt. Snap je?'

Bo knikte. En sloeg zijn hand voor zijn mond want vlak naast hen zei iemand: 'Gozzamokki.'

'Wok,' antwoordde een ander. 'Vroem.'

Waarom grijnsde die gekke Bo nou zo dom? Julia begreep hem niet.

'Labtien,' hoorde ze. 'Vroem.'

Hun kooi bewoog. Het voelde alsof ze zweefden.

'Wajoowo. Knarriepuf!'

'Ik snap niet wat jij zo grappig vindt,' fluisterde Julia.

'Vroem,' hikte Bo. 'Knarriepuf.'

Julia voelde dat ze ook wilde lachen maar het zoemgeluid klonk nu doordringend scherp.

'Ik ruik zwembadlucht. Jij?'

Bo rook het ook. 'Is het gif?' vroeg hij.

'Praat niet zo hard, Bo. Ze vergiftigen ons niet. Echt niet.'

Bo knikte slapjes.

'We rijden,' zei Julia. 'Merk je het?'

'Ik zie het,' zei Bo. Hun kooi keek uit op de achterkant

van een andere kooi maar er was precies een kier waardoor ze een muur zagen, een lange grijze muur. Deuren zoefden open en weer dicht. Overal hing een prikkelende zwembadlucht.

'Dit gaat goed aflopen, hoor Bo. Dit is een proefdierencentrum, dat zei je zelf. Wij zijn proefkinderen. Wij snappen waar we zijn. Maar de dieren niet. Ze wachten

en wachten, ze kunnen niet praten en dan ineens komen er mensen en die doen ze pijn. Waarom? Hebben ze iets fout gedaan? Zijn ze stout geweest? Ze hebben pijn en willen weg, maar ze zitten opgesloten. Ze begrijpen het niet.'

'Ik begrijp niet waarom ik zacht moet praten en jij nu gewoon hardop praat,' zei Bo.

'Omdat we rijden, suffie. Niemand hoort ons nu. Ben je boos?'

'Je doet de hele tijd bazig.'

'Ssst, Bo, we staan stil.'

Bo draaide met zijn ogen. Ze hoorden stemmen een onbegrijpelijk taaltje spreken.

Het licht werd zwakker, mistig.

'Ruik jij ook weer zwembadlucht, Bo?'

Bo knikte. 'Chloor,' zei hij.

'Mijn ogen tranen,' zei Julia.

De mist werd mistiger, het licht werd een schaduw.

'Is dit misschien de proefdierproef al?' vroeg Bo.

Julia hoorde dieren bonken in hun kooien, waarschijnlijk de konijnen die met hun achterpoten alarm sloegen. Boven hun hoofden was geruis te horen. Van een ventilator misschien, iets wat de mist wegzoog, want het werd langzaam weer lichter.

'Ik denk dat we worden ontsmet, Bo,' zei Julia. 'We zitten in de stomerij.'

'In de stomerij?' Bo wreef in zijn ogen.

'Dieren moeten natuurlijk steriel zijn in een proefdierfabriek.'

Bo kneep een oog dicht.

'Maar, Bo… word jij ook zo slaperig?'

Bo knikte.

'Zullen we weer gaan liggen?' vroeg Julia.

Julia zag tranen over Bo's wangen kruipen.

'Ik vind je een held, hoor,' zei ze toen ze lagen.

Ze sloeg een arm om zijn middel.

'Denk je dat ze ons zoeken?' vroeg Bo slaperig.

'Ja,' antwoordde Julia. 'Maar nu moet ik slapen. Ik ben moe. Ben jij ook zo moe?'

Bo antwoordde niet.

Zaal tien

'Ik heb een natte kont,' zei Bo met een vies gezicht. 'Jij ook?'

Nee, Julia had geen natte kont. Ze gaapte. Het ontsmettingspul had haar doodmoe gemaakt.

'Weet je...' zei Bo. 'Ik denk dat ik op jouw plaszakje heb gezeten.'

'Waarom op mijn zakje? Misschien zat je wel op je eigen plaszakje.'

'Jouw plas is natter,' zei Bo. 'Dat voel ik. En trouwens, moet je je haar eens voelen?'

Bo rolde zijn haar tussen zijn vingers. 'En je vel. Mijn vel lijkt wel droge zeem. En voel je kleren eens.'

Julia voelde hoe droog haar kleren waren, gaapte nog een keer en strekte haar linkerbeen. 'Ik moet weer plassen,' zei ze.

'Wow,' zei Bo. 'Moet je kijken. Er zit daar een giga man aan het bureau.'

'Een giga man?' piepte Julia.

Ze had plotseling kramp. Ze wilde haar been strekken maar ze wist niet hoe.

'Hij is reusachtig,' zei Bo. 'Echt, hij is heeeel groot.'

Julia kronkelde van de pijn. 'Knijp me, Bo. Knijp me hier. Knijp zo hard je kan.'

Bo kneep in haar kuit.

'Duw tegen mijn tenen,' kreunde ze.

49

Bo kneep en duwde zo hard hij kon.

'Áuw, gek, je breekt ze,' schreeuwde Julia. 'Auw, auw!'

Julia's geschreeuw vulde de hele zaal, heel het gebouw misschien wel, het was een schreeuw die ze niet meer beheerste, zo verschrikkelijk beet de kramp in haar kuit.

Ze begon wild te trappen.

'Open,' gilde ze. 'Open.'

Bo duwde weer tegen haar tenen, voorzichtig nu en met succes want de kramp zakte iets.

Julia zag voor de kooi de giga man staan, echt een reus.

'Open. Alstublieft. Open,' smeekte ze.

'Gozzanokki,' zei de reus. Hij liep naar het bureau.

Julia durfde niet te bewegen, Bo zat doodstil in een hoekje.

'Trikko,' riep de reus.

Praatte hij tegen hen? Julia voelde de kramp terugkomen.

'O, o, alsjeblieft,' huilde ze. 'Maak snel open. Ik smeek u, laat me eruit!'

'Nog eventjes, Julia,' zei Bo. 'Even volhouden, eventjes maar.'

De reus liep met slome stappen.

'Ik wil los!' huilde Julia.

De reus bukte.

Bo had gelijk. Hij ging hen bevrijden, die aardige reus. Hij zag dat ze geen dieren waren.

Julia trapte de kooi open.

'Kommar,' zei de reus.

'Tuurlijk,' antwoordde Bo. 'Kommar.'

Hij duwde Julia uit de kooi en kwam direct achter haar aan.

'Joepie!' zei hij.

De reus stond naast hen. Julia zag zijn handen. Als een tube leverworst. Julia moest er ineens aan denken: met één hand kon hij hen fijnknijpen.

Ze masseerde haar kuit en keek tegelijkertijd naar Bo.

Wat deed Bo daar?

Ze zag wat Bo zag. In het hangslot van hun kooi stak de sleutel.

Nooit, nooit zou ze zoals Bo haar hand naar de sleutel hebben durven uitstrekken.

'Mijnheer de reus?' vroeg ze om hem af te leiden.

Ze durfde niet naar Bo te kijken.

'Pss pss. Plasplas...' zei ze.

'Ja,' zei Bo. 'Plassen.' Hij liep naar het bureau en deed of hij wilde plassen.

'Pipi pss,' zei hij.

De reus wees naar een deur.

Meteen liep Bo erheen.

'Vroem,' zei de reus.

'Kom, Julia, hier is een wc!' riep Bo.

Achter de deur was een aanrecht met een kraan en een wasbak en een klein wc'tje. Julia dronk met grote slokken en rekte zich uit. Bo maakte sprongetjes.

'Waarom spring je zo blij?' vroeg Julia.

'Ik heb zin om te springen,' zei Bo. 'Jij niet?'

'Nu? Ik wil Pippeloen vinden, Bo.' Ze liep de zaal in.

Nou ja, liep, na drie stappen in de richting van de kooien bleef ze staan. Er klonk een deurbel.

'Potzadik,' zei de reus.

Hij kwam op Julia af en greep haar bij de arm. Hij keek niet vriendelijk meer.

Julia zocht Bo. Waar was hij?

'Vroem.'

De reus duwde Julia in de kooi.

Waar was Bo?

'Rotverrok,' zei de reus.

Ook hij miste Bo. Hij zette twee stappen naar links, twee stappen naar rechts, rekte zich uit.

'Rotverrok,' zei hij weer.

Moet ik nu ook wegrennen? dacht Julia. Het kon, hij lette niet op.

'Ruu?' vroeg de reus een beetje zielig.

Nu wegrennen was dom. Ze kon nergens heen. Maar waar was Bo?

Ineens zag Julia hem. Zijn kuifje stak net boven het bureaublad uit. En ze was niet de enige die dat ontdekt had. Ze zag de reus naar het bureau lopen, als een tijger die zachtjes, heel zachtjes een prooi besluipt.

'Bo, pas op!' riep ze.

Te laat.

De reus gaf zo'n klap op het bureaublad dat Bo als een kegel achter het bureau tevoorschijn duikelde.

De deurbel klonk weer. En ineens bleek de reus ook snel te kunnen zijn.

'Ik ga al, ik ga al,' piepte Bo.

De reus sleurde Bo aan zijn haren mee.

'Vroem' meekomen en 'vroem' in de kooi.

Bo gilde. Hij struikelde de kooi binnen.

Het hangslot klikte dicht.

'Ram,' zei de reus. Hij had een pluk haar in zijn handen. Hij stak als een schoolmeester zijn vinger omhoog.

'Ram!'

'Gek, wat wilde je doen?'

'Au,' klaagde Bo. 'Wat een beul!'

Julia sloeg een arm om hem heen. 'Wat wilde je doen? Je kon toch nergens heen?'

De buislampen aan het plafond sprongen aan. De deur zwaaide open.

'Wel,' zei Bo. 'Ik dacht, als ik ontsnap dan bel ik naar huis. Er staat een telefoon op het bureau.'

Twee zusters duwden een kar naar binnen.

'Allo.'

De reus stak zijn hand op. Op de kar lagen operatiedingen. Mutsen. Scharen en tangen. Een boor.

'Bo, zie je dat?'

Bo wreef over zijn hoofd.

'Bo, wat moeten we doen? Ze gaan ons opereren.'

De zusters spraken zacht met elkaar. De reus zat achter zijn bureau.

Waarom zei hij niet: zeg dames, let even op, daar, in die kooi, zitten kinderen?

'Ze gaan heus geen kinderen opereren, Julia.'

'Waarom beesten wel en... Bo... Iewk, kijk uit!'

Bo deinsde achteruit.

Voor hun kooi bewoog een poot. Nou ja, een poot. Een hand. Een poothand. Kleine vingers wriemelden langs de tralies.

'Hela, aapje,' zei Julia.

Julia aaide het apenpootje.

'Hé aapje,' zei ze zacht. 'Wij zijn het, Julia en Bo. Herken je ons?'

'Julia, sst!'

Julia wist het al. Ze had te hard gepraat. De reus beende op hen af. Julia kroop tegen Bo aan, tegen de achterwand van hun kooi.

'Merdedonna,' brulde hij.

Hij sloeg naar de poot. De aap gilde.

'Dierenbeul,' schold Bo.

'Hawah?'

De reus bukte zich. Zijn gezicht hing voor de tralies. 'Hawah?

'Hou je alsjeblieft je mond, Bo,' smeekte Julia.

De reus tilde hun kooi op alsof het een broodtrommeltje was en droeg hen naar een hoek. Daar kwakte hij hen neer en gooide een deken over de kooi.

'Rotverrok,' zei hij.

'Keskiliè?' Een zuster vroeg dat.

Vroeg ze: waarom zitten daar kinderen in? Of vroeg ze: moeten we de beesten uit die kooi niet opereren?

Ze sprak een taal die Julia herkende, Frans misschien.

'Ze komen dichterbij,' zei Julia.

Zielige piepjes maakten duidelijk dat de operaties begonnen waren. Waren het hondenpiepjes? Ja. Waarschijnlijk. Konijnen piepen niet. Konijnen brommen en gillen. En katten krijsen, katten herken je meteen.

Of was het de aap?

Julia drukte haar nagels in Bo's onderarm. Zo zielig klonk het, echt een dier met pijn. Een dier dat bang is en weg wil, maar wordt vastgehouden door mensenhanden. Een dier dat zwakker dan mensen is en alleen maar benauwd piepen kan.

Bo drukte zijn handen tegen zijn oren, Julia luisterde naar de geluiden.

Rattata tekketek.

Rattata.

'Mennon,' klonk een vrouwenstem. 'Mondjeu.'

We moeten zien wat ze doen, dacht Julia.

Bo raadde haar gedachten. Hij trok de deken een beetje opzij.

'Julia, kijk.'

Bo had een kier gemaakt. Door de kier kon Julia net niet goed zien wat de zusters deden. Ze pakten een beest, dat zag ze, maar dan...

'Ze monteren antennes,' zei Bo. 'Zie je die hond? Dat is niet cool. Hij heeft antennes op zijn kop.'

Julia zag het. De labrador had een badmuts met korte rechte antennes op.

56

'Wat doe je, Bo?'

Bo zocht iets, dat zag Julia.

Hij voelde in zijn zak en hield een sleutel voor haar ogen.

'Wow, Bo! De sleutel. En nu?'

'Ontsnappen natuurlijk. Dan zoek jij Pippeloen en ik ga bellen. Zodra ze weg zijn, oké?'

Julia knikte.

Af en toe hoorde ze een beest piepen, soms klonken de stemmen van de zusters. Ze kwamen steeds dichterbij.

Was het bijna hun beurt? Zouden ze ook antennes krijgen? Of erger? Werden ze voor het laatst bewaard omdat ze...

'Nono,' baste de reus achter het bureau.

Wat betekende dat? Bedoelde hij: in die kooi daar zitten twee spionnen. Laat die maar aan mij over?

'Mezessá,' zei een zuster.

Julia kroop tegen Bo aan. Elk moment kon het gebeuren. En elk moment dat het niet gebeurde werd het erger, spannender.

Nu. Nu.

Julia hoorde het slaan van haar hart.

Nu. Nu. Nu.

Waarom gebeurde het dan niet? Waar bleven de zusters? Waarom was het stil?

Een hand aan hun kooi, iemand die het doek optilt en...

En dan?

Het doek bleef bewegingloos. De stemmen klonken verder weg. De stemmen verdwenen zelfs. Het werd stil. Heel heel stil.

Bo gluurde. 'Ze zijn weg! Jij zoekt Pippeloen, ik bel de politie. Goed?'

Julia twijfelde. Moesten ze nog even wachten? Of was het moment aangebroken?

Bo wachtte niet. Hij opende het slot en kroop de kooi uit.

Julia volgde.

In het zaaltje was niemand. Nou ja niemand, er waren dieren. Heel veel kooien met dieren. Dieren met antennemutsen op. Een konijn. Nog een konijn. Een hond. De chinchilla's en de ratten. En ook de arme aap.

Julia vergat haar angst.

'Bo, kijk, de aap! En nog een aap, kijk! Wat gemeen. Past die sleutel ook op de andere sloten?'

Bo probeerde het slot van een konijnenkooi. De sleutel paste niet.

'Ik ga Pippeloen zoeken,' zei Julia.

Vlug liep ze langs de kooien. Konijnen, honden, katten. Alle dieren hadden een mutsje met antennes op en alle dieren lagen met lodderige ogen voor zich uit te staren.

Julia wilde wel bij iedere kooi stilstaan om te zeggen: wacht maar, we komen je helpen. Maar ze zag Pippeloen niet.

'Waarom bel je niet, Bo?' riep ze. 'Bel 1-1-2!'

'De telefoon doet het niet,' antwoordde hij. 'Zie je Pippeloen?'

'Misschien. Ja misschien... daar, achter in die kleine kooi. Wacht...'

'Misschien moet ik...'

'Bo, hoor jij ook stemmen op de gang?' vroeg Julia. 'Komen ze terug?'

Bo hing op. Julia had gelijk.

'Kom vlug in de kooi,' riep hij. 'Snel.'

Ze waren te langzaam. Ze waren nog lang niet bij hun kooi toen de deur openging. Maar Bo bleef niet gewoon staan. Hij zette zijn voet naar voren en deed of hij zich klaarmaakte voor de start van een sprintje.

'Niet meer wegrennen, Bo,' smeekte Julia. 'Blijf bij me.'

Al had Bo willen wegrennen, hij had niet weg kunnen rennen. De reus stond in de deuropening als een keeper die vastbesloten is een penalty te stoppen.

Julia stapte naar achteren.

Het grove, grote gezicht van de reus bleef onbewogen. Wat dacht hij?

Bo leek wel een stokstaartje nu, zo stijf stond hij erbij.

En toen zei hij ineens: 'Mijnheer de reus, wij willen weg.'

Stilte.

De reus knipperde met zijn ogen, zag Julia. Hij begreep natuurlijk geen woord van Bo en toch stak hij zijn kin een stukje naar voren, alsof hij luisterde. Hij knikte zelfs een beetje. Had hij Bo begrepen?

Was hij misschien toch een vriendelijke grote man die medelijden had met hen?

Wat dacht hij? Kon dat grote hoofd wel denken?

Hij kón ineens in grauwen uitbarsten. Eerst vriende-
lijk doen en dan ineens zeggen: 'Rotverrok vroem.'
Julia deed nog een stap naar achteren.
'Alstublieft? Mogen we weg?' vroeg Bo met een super-
zoete stem.
'Hawah,' zei de reus.
Hij draaide zich ineens om en liep de gang op.
Wat nu? Julia keek Bo aan.
'Hawah, vroem,' hoorde ze de reus zeggen.
'Vroem betekent opschieten,' fluisterde Bo.
'Kom.'
Bo wachtte niet. Hij had haast zo te zien. Hij liep met
vlugge stappen achter de reus aan. Maar Pippeloen dan?
Julia had Pippeloen ontdekt, in die kleine kooi. Althans
dat dacht ze.
'Hela, Bo! Kijk. Dit was deur tien. We zaten in zaal
tien.'
Julia haalde hen in. Haar schoenen piepten op de
vloer.
'Bo, wacht. Ik heb Pippeloen echt gezien,' hijgde ze.
Ze sloegen een hoek om.
'Bo, hoor je me?'
Bo leek wel doof geworden. Hij keek niet eens. Ze
kwamen door de ruimte die naar zwembad rook en Julia
de stomerij had genoemd. De reus nam grote stappen.
Door een lange gang met grijze deuren en lichtjes aan de
muur. Een plafondlamp zoemde.
Ging hij hen echt vrijlaten? Of bracht hij hen naar een
veel engere plek, een kamer waar nieuwsgierige kinderen zouden leren zich met hun eigen zaken te bemoeien?

Liepen ze misschien zelfs dieper in de val? Wat gebeurde er achter die deuren? Zaten daar ook dieren?

Al deze dingen dacht Julia toen ze naar de uitgang liep. Want daar bracht de reus hen heen.

Julia zag dat zijn handen beefden. Was hij zenuwachtig? Deed hij iets wat niet mocht?

De buitendeur stond open. Het was donker.

De reus hielp hen ontsnappen. Maar ook al wilde Julia niet ontsnappen, ze moest. De man duwde 'vroem' een vinger in haar rug.

'Mazzeli,' zei hij en prikte haar naar buiten. Bo stond er al.

Pippeloen

'Shit,' zei Julia. 'Shit. We zijn dom geweest, Bo. De dieren zitten binnen en wij staan buiten.'

Bo strekte zijn armen en zei: 'Ik vind het wel fijn.'

'Was je daarom doof? Dacht je: stik maar met je Pippeloen?'

Bo haalde zijn schouders op.

'Je negeerde me gewoon.'

'Ik wilde naar buiten. Is dat raar? Ze boren daar gaten in je hersens, ja. Voor je het weet ben je een insect met sprieten op je kop.'

'Nou en? Kunnen die dieren dat helpen? Weet je nog waarom we hier zijn?'

'O jee, vergeten... Weet je, Julia, je doet steeds of ik een klein kind ben. Ik heb er genoeg van.'

'Bo! Sorry! Ik ben trots op je. Zonder jou...'

'Zonder jou, bedoel je. Had ik fijn thuisgezeten.'

'Nu ben je echt gemeen, Bo.'

'Pippeloentje. Oh, oh, waar is mijn lieve schattige Poeppippeloentje toch naartoe. Ik word er ziek van, snap je.'

Julia zweeg.

'Je wilde toch weten wat ik dacht?'

'Nee,' zei Julia. 'Laat maar, ik wil het niet meer weten. Ik ga naar binnen.'

Bo schudde zijn hoofd.

'Ik ga terug.'

'Je bent gek,' zei hij.

'We moeten terug. Ga jij maar fijn naar je mama. Laat de dieren hier maar stikken in hun kooien. Weet je wat ze met dieren doen na een proef? Ze maken ze af. Ze willen onderzoeken of de proef is gelukt.'

'Dus? Moet ik daarom antennes op mijn kop krijgen?'

'Nee. Jij gaat toch naar huis?'

'Ja. Nee. Ga je alleen naar binnen?'

'Ja.'

'En ik dan?'

'Wat jij doet moet jij weten,' zei Julia. 'Ik ga.'

'En wat wil je binnen doen?'

'Als ik binnen ben, bel ik naar huis en dan komen ze me halen en ontdekken de dieren.'

'Denk je dat? Weet je waar we zijn?'

'Mm... Ik denk België. Jij?'

'Oké, ik bel. Ringring. O, hallo met Bo. Hallo met de politie. O, mijnheer kom alstublieft snel. Waar jongeman? In België, mijnheer. O daar, jongeman. We zijn er zo...'

Julia lachte. 'Je hebt gelijk, Bo,' zei ze. 'We moeten ontdekken waar we zijn.'

'Waarom gaan we dan niet gewoon naar een huis in de buurt met een telefoon?'

'Bo, kijk eens goed om je heen. Zie je die hekken? We kunnen er niet zomaar uit. We zitten opgesloten.'

'Ik weet iets,' zei Bo. 'We overvallen twee zusters en dan verkleden we ons en...'

'Jij overvalt twee zusters?' Julia begon te lachen. 'Jij? Jij overvalt nog geen kleuter. En trouwens, je wilt toch niet mee?'

64

'Begin je weer?'

'Sorry.'

'Vind je me zo slap dan?'

Julia lachte. 'Zal ik in je armsoepballetje knijpen? Of zal ik het je armspierballetje noemen?'

'Haha. Je vindt me slap.'

'En slim, Bo. We moeten ons verkleden, dat is een goed idee. We worden ook zusters. Maar hoe komen we dit gebouw weer in? Weet je dat ook?'

'Gewoon,' zei Bo. 'Door de deur. We bellen aan.'

'We bellen aan,' herhaalde Julia. 'Is dat niet een beetje simpel? Denk je dat ze geen camera hebben hier?'

'Misschien wel. Misschien niet. We kunnen het toch proberen?'

'En dan? Dan doen ze open... en...'

'Dan rennen we naar binnen. Snap je? Jij links en ik rechts.'

'Durf je dat?'

'Dat durf ik.'

'En als ze jou pakken?'

'Dan ren jij naar onze zaal en probeer je de politie te bellen.'

Julia's maag knorde. Haar benen waren slap.

'Kom, druk op de bel,' zei Bo.

De deur ging meteen open. In het portaal was niemand. En in de gang achter de zoefdeuren was ook niemand. Camera's natuurlijk, iemand zag hen, dat kon niet anders.

'Doorlopen,' zei Bo.

'En dan?' Julia wist het even niet meer. 'Rechtdoor?'

'Ja. En zachter lopen. Je schoenen piepen.'

Ze gingen door de gang. Ze roken de zwembadlucht weer en herkenden aan het eind van de gang de deuren van de stomerij.

'Ik vind het geen goed teken, Bo,' zei Julia. 'Iemand heeft ons opengedaan. En die iemand weet dat we hier lopen.'

'Doorlopen,' zei Bo. 'We weten de weg.'

Julia volgde Bo op een halve stap afstand. Iedere deur die ze naderden kon opengaan. Net als in een game. Dat er iemand met een zwaard stond of met een geweer. En dat ze dan...

Julia liep trager. Zag ze het goed? Er stond iemand in de gang. En die iemand keek naar hen. Dus toch.

'Bo, er staat daar iemand.'

Bo zag het ook. Julia merkte dat hij zijn pas inhield.

Het was een vrouw. Haar gezicht stond vriendelijk.

'Zielig doen,' fluisterde Bo. 'Wij zijn twee zielige kinderen. We zijn verdwaald.'

Tien meter was het nog. De vrouw lachte.

'Goeiendag,' zei ze.

'Hallo,' zei Bo. 'Spreekt u Nederlands? Wij zijn verdwaald.'

'Amaai,' zei de vrouw. 'Verdwaald?'

'We lopen al twee dagen,' klaagde Bo. 'We zoeken een hond.'

'Amaai. Een hond. Zoeken jullie een hond?'

'Mijn hond,' vulde Julia aan. 'Ze is weggelopen.'

'Uw hond. Amaai.' Het gezicht van de vrouw betrok. Geloofde ze hen?

'Ze is grijs,' zei Julia.

De vrouw knikte.

'Mogen we misschien even naar huis bellen?' vroeg Bo.

'Maar jullie zijn Nederlanders,' zei de vrouw. 'Komen jullie dan helemaal vanuit Nederland naar België wandelen om een hond te zoeken? Zijn jullie niet een beetje ver van huis?'

'Uit Utrecht,' zei Bo. 'Daar wonen we. Zijn we hier in België?'

'In Leuven, ja. Dat is in België.'

'Ik heb mijn hond op mijn verjaardag gekregen.'

'Ik versta het,' zei de vrouw. 'Maar telefoneren, dat zal niet gaan. Torkwens is een privaat bedrijf, verstaan jullie?'

'Torkwens?' vroeg Bo.

'Zeker, zo heten wij. Torkwens. De firma is naar de baas vernoemd. Zal ik een taxi laten komen?'

Nee, dacht Julia. Met een taxi zouden ze Pippeloen nooit krijgen.

'Wij willen eigenlijk met onze ouders bellen,' zei ze met een lief stemmetje. 'Mijn vader komt me graag halen, denk ik.'

'Dat zal niet gaan,' zei de vrouw. 'Wij laten helaas geen vreemden toe in onze firma.'

Bo keek Julia aan met een let-op-ik-heb-een-plan-blik.

'We hebben eigenlijk ook erge dorst,' zei hij.

Dorst. Bo had gelijk. Een glas water, wat zou dat heerlijk zijn.

'Natuurlijk,' zei de vrouw. 'Kom mee, kom mee.'

Ze pakte haar sleutels en opende een deur.

Julia bleef in de deuropening staan, de vrouw liep naar een kast.

Waar bleef Bo?

Nee, niet weer, dacht Julia.

Bo?

Maar het was wel zo. Bo was weg.

'Jullie hebben toch dorst?' vroeg de vrouw. 'Kom dan.'

Julia knikte maar bleef staan.

68

'Hela, is het nog voor vandaag?' De vrouw liep langs Julia de kamer weer uit.

Julia volgde haar een stukje en bleef toen staan. Ze had de kier achter de deur gezien. Als ze zich daar eens verstopte, dan...

'Waar is het manneke?' vroeg de vrouw. Ze stond met twee volle glazen water in haar hand op de gang.

Julia schoof achter de openstaande deur.

'Merde,' riep de vrouw. 'Nondeju.'

Ze beende de kamer weer in. Waar Julia niet was. Want Julia stond achter de deur. In het slot van de deur bungelde een sleutelbos.

Wat een toeval, wat een geluk.

Heel kalm, heel snel sloot Julia de deur en draaide de sleutel om. De deurklink ging omlaag. En weer omhoog. En weer omlaag.

Julia trok de sleutel uit het slot. Ze geloofde het bijna niet maar, tingelingeling, ze had een sleutelbos.

Ze kon overal heen.

Maar ze moest snel zijn, dat ook. De vrouw bonkte op de deur. Ze bonkte zo hard, dat moest wel iemand horen.

Waar was Bo naartoe? Waar kon hij zich zo snel verstopt hebben?

Julia's oog viel op een kar. Op de kar lagen pakketten. Julia kende die pakketten. In ziekenhuizen staan karren met zulke pakketten. Julia scheurde een pak open. En wat ze hoopte, was zo. Er zat kleding in, een grijs jasje met een capuchon en een grijze broek. Ze bedacht zich geen seconde. In deze kleren zou ze niet opvallen. In deze kleren kon ze met haar sleutelbos overal komen. Bijvoorbeeld bij Pippeloen. Maar waar kon Bo zijn?

Julia keek links, keek rechts, zag nergens een kuifje en besloot dat ze dan maar zonder Bo moest. Ze trok de capuchon over haar hoofd en liep de gang in. Ze liep alsof ze hier elke dag wandelde, alsof ze alles volkomen normaal vond. Ze probeerde haar schoenen niet te laten piepen op de vloer.

Ze liep langs een paar deuren. Wat zouden die rode lampjes bij de deuren betekenen? Dat er iemand wel of dat er iemand niet is? Of dat de kamer bewaakt wordt met camera's, dat er een alarm afgaat zodra je de deurklink vastpakt?

Deur tien, daar moest ze naartoe. Hun zaal. In hun zaal stond op het bureau een telefoon. In hun zaal was Pippeloen.

Julia naderde de stomerijdeuren. Ze had geen keus, ze moest doorlopen. Misschien had de vrouw al alarm geslagen. Misschien renden door alle gangen bewakers op haar af.

Als de deuren maar opengingen.

Julia liep door. De deuren zoefden open en vielen weer dicht. Ze herkende de ruimte. Hier waren ze ontsmet en in slaap gevallen.

De volgende deuren zoefden open. Deur tien. Waar was deur tien?

Julia stond op een kruispunt van gangen. Links of rechts? Ze kon niet rechtdoor. In de gang rechtdoor liep iemand. En hij kwam Julia's kant op. Rechts dan maar.

Julia liep sneller, haar schoenen piepten harder. De eerste deur was nummer elf. Het lampje aan de muur brandde. Niet binnengaan. Doorlopen. Na elf komt tien. Of twaalf.

Nee, dacht Julia. Niet twaalf. Ik moet geluk hebben nu. De volgende deur is tien. Ze klemde de sleutels in haar hand. Ze holde bijna. Aan de overkant van deur elf was deur negentien. Dat was geen goed teken.

Rustig blijven. Ze moest rustig blijven.

Fout.

Twaalf stond er op de deur. Gewoon twaalf. Na deur twaalf komt niet ineens deur tien. Na deur twaalf komt deur dertien. Ze moest terug.

Terug?

Ze werd duizelig van angst. Op het kruispunt stond iemand in een grijs pak. Geen reus, een vrij klein persoon zelfs. Een bewaker misschien? Natuurlijk, een bewaker. Hij was erop uitgestuurd om haar te pakken. *Wij laten geen vreemden toe in onze firma*. Dat had de vrouw gezegd. En logisch ook. Ze deden hier foute dingen. Dingen die niemand mag weten.

Julia werd banger en banger. In een gang kun je alleen maar wegrennen. En wie gaat rennen verraadt zichzelf.

De bewaker begon op haar af te komen.

Oké, dacht Julia. Rustig. Ik draag een grijs pak. Ik hoor hier. Misschien moet hij gewoon deze kant op. Hij kan nooit weten dat ik de indringer ben.

Tenzij... Julia kreeg kippenvel.

Tenzij ze op een camera hadden gezien dat zij een pak aantrok. Wat stom! Daarom kwam hij ook op haar af. Hij dacht natuurlijk: haha, ik heb je!

Nee. Julia sprak zichzelf toe. Blijf rustig. Je bent onherkenbaar. Je moet naar de andere gang. Loop gewoon, denk niet, doe normaal.

Ze trok de capuchon diep over haar ogen.

Stap, stap.

Ik doe precies de goede passen. En mijn armen ook, de goede armzwaai.

Stap, stap. Ik ben op weg naar... Ik ben op weg naar Pippeloen.

Denk aan Bo. Hoe zou Bo nu lopen? Bo zou doen alsof hij zelf een bewaker was, hij zou echt heel cool voorbijlopen. Hij zou misschien zelfs groeten.

De bewaker was vlakbij nu, vlakbij. De goede pas, de goede armzwaai...

Zag de bewaker haar wel? Aan niets kon ze merken dat hij of zij iemand zocht. Maar dat kon een truc zijn.

Loop door, kijk niet, je bent op weg naar deur tien.

Julia keek naar haar schoenen die, hoe ze ook haar best deed, toch een beetje piepten. Ze groette niet, keek niet op en liep door.

'Het gaat goed, het gaat goed,' zei ze in zichzelf.

'Stop!' hoorde ze.

Julia begon te rennen.

'Julia, gek. Blijf staan! Ik ben het.'

Julia voelde zich heel boos worden. Haar benen trilden, haar lichaam werd loodzwaar.

'Dit is geen leuke grap, Bo. Dit is echt geen leuke grap...'

'Sorry. Denk je dat ik niet van jou schrik?'

'Waarom loop je dan op mij af?'

'Ik had je piepschoenen gehoord, maar ik wist het niet zeker. Iedereen kan wel piepschoenen hebben.'

'En hoe kom je aan dat pak?'

'Gewoon. Net als jij, denk ik. Van zo'n kar. Zoek je deur tien?'

'Hallo, ik ben dood van schrik. Ik bibber als een gek. Waar was je ineens?'

'Weggerend. Deur tien is niet in deze gang, denk ik. En in die andere ook niet.'

'Dus?'

'Dus moet je meekomen.' Bo trok aan haar arm.

'Maar...'

'Ssst.'

Julia volgde Bo. Hij stak het kruispunt recht over. Hij wist waar hij heen wilde. En hij had gelijk. De eerste deur rechts. Aan de muur brandde een rood lampje.

'En nu?' vroeg Bo. 'Hoe komen we binnen?'

Julia liet de sleutels zien.

Bo's mond viel open. 'Hoe...?'

'Later,' zei ze. 'Zal ik...?'

'En als de reus binnen is?'

'Die is binnen, denk ik.'

'Dan hebben we een probleem,' zei Bo.

'We zijn er bijna, Bo. Het moet lukken. Ik ga naar binnen en...'

'Ja. En dan?'

'Dan lok ik hem naar buiten.'

'En dan kan ik 1-1-2 bellen?'

'Ja.'

'En zal ik ook de dieren loslaten? Ik weet waar de sleutels zijn.'

'Oh... daar komt iemand aan,' zei Julia. 'Kap over je hoofd. Kom.'

Het slot ging makkelijk.

'Het lampje gaat uit,' meldde Bo.

Julia stapte naar binnen.

Even stonden ze in het donker. Toen sprong het plafondlicht aan.

'Oef,' zei Bo. 'Oef.'

Julia draaide de sleutel om. 'Oef, wat een mazzel. Hij is er niet.'

'Nu 1-1-2 bellen,' zei Bo. 'Snel.'

74

Julia zat al achter het bureau.

'De telefoon doet het nog steeds niet, Bo.'

'Misschien moet je eerst een nul drukken. Probeer het.'

Julia drukte verkeerd en begon weer opnieuw.

Nul. Wow. Bo had gelijk. Zoemtoon.

1-1-2.

'Hij doet het!'

Bo stond al naast haar en pakte de hoorn.

'Alarmlijn. Zegt u het maar,' sprak een stem.

'Help ons. Wij zijn ontvoerd uit Utrecht,' riepen ze tegelijk.

'Waar bent u?'

Julia zag de deurklink omlaaggaan. Ze greep de telefoon uit Bo's handen.

'In Leuven,' riep ze. 'In een dierproefbedrijf. Het heet Torkwens. We zijn ontvoerd. Wij zijn kinderen uit Nederland.'

De deurklink ging weer omhoog, de telefoonlijn kraakte.

Was de verbinding verbroken?

'Komen ze?' vroeg Bo.

'Allo?' hoorde Julia. *Een andere stem* was het, vlakbij.

'Wij zitten in zaal tien,' zei Julia.

'Efkens geduld, meiske. We komen eraan.'

'Het lukt, Bo. Het lukt. Ze komen eraan.'

De klink ging weer omlaag.

'De sleutel draait,' schreeuwde Bo.

Julia zag het ook. Snel, heel snel stond ze bij de deur.

'Hawah?' zei de stem. 'Ramma?'

'Hij gaat rammen,' piepte Bo. 'Komen ze snel?'

Julia knikte. Haar hand klemde om Bo's hand. De capuchon was van zijn hoofd gegleden. Hij zag bleek van spanning.

'Wat doet hij?' vroeg Julia. 'Geeft hij het op?'

Bo drukte zijn oor tegen de deur.

'Ja. Hij gaat hulp halen, denk ik. Wat nu?'

Julia antwoordde niet. Achter in de zaal, boven op een grote hondenkooi, bij die kleine kooien, daar had ze Pippeloen gezien.

Bo liep naar de telefoon. 'Het duurt wel lang,' zei hij.

Julia stond op een kruk. Ze stak haar hand door de tralies. Ze vergat alles. Bo. De telefoon. De spanning.

'Pippeloentje,' zei ze. 'Lieve Pippeloentje. Ben je daar?'

Pippeloen lag opgerold. Met een mutsje op, net als alle dieren. Julia aaide haar staartje.

'Zie je Pippeloen?' vroeg Bo. 'Julia, heb je Pippeloen?'

'Ja, Bo,' zei Julia. 'We hebben Pippeloen gevonden. Heb je de sleutel?'

Bo zocht naar het bakje in het bureau.

'Schiet op, Bo.'

'Hallo, ik ben geen duizendpoot,' klaagde Bo. 'Is het een klein slot of een groot slot? Hier, probeer deze eens.'

Het was de goede sleutel. Julia opende de kooi. Pippeloen keek haar met glanzende puppie-ogen aan.

Julia tilde het hondje uit de kooi en ging met haar bij het bureau zitten.

'Hé, Julia, snap jij dat? Ik doe de kooien open maar de beesten willen er niet uit.'

'Laat ze maar met rust,' zei Julia. 'Ze zijn niet normaal. Pippeloen is ook helemaal sloom. Denk je dat het nog lang duurt?'

Op dat moment klonk op de gang een stem die ze kenden. De stem van 'vroem' en 'rotverrok'.

Bo deinsde naar achteren. Julia klemde haar armen om Pippeloen.

De sleutel draaide, de deur zwaaide open.

Andere bedoelingen

'Nee,' zei Julia.

Voor hen stond de opgesloten vrouw. Achter de vrouw stond de reus. De deur ging langzaam dicht.

'We hebben 1-1-2 gebeld,' zei Bo vlug. 'De politie komt er al aan.'

'Amaai, manneke. Maar had ik seffens jouw vriendin niet aan de lijn? Ze vroeg toch of wij naar hier wilden komen?'

De vrouw liep naar Julia toe. Waarom lachte ze zo vriendelijk? Had ze deze vrouw net aan de telefoon gehad? Ja. Ze herkende de stem. Ze was het geweest. Maar in het begin niet.

'Hebt u ons afgeluisterd?' vroeg Julia.

De vrouw glimlachte en zei niets.

'U mag ons niet opsluiten,' zei Bo. 'Het is verboden om kinderen op te sluiten.'

De vrouw keek verbaasd.

'Wat zegt dat vriendje van je toch voor malle dingen? Kinderen opsluiten? Hij kijkt te veel televisie. Wij zijn nette mensen.'

Julia rilde van de vrouw. Poeslief met kattenpoten die ineens kunnen krabben, poeslief met andere bedoelingen. Maar welke bedoelingen? En waarom zweeg de reus? Wachtte hij op een bevel?

'Jullie komen dus voor dát beestje van Nederland helemaal naar hier lopen?' vroeg de vrouw.

'Zeker,' zei Bo flink. 'Ze is ontvoerd.'

'Amaai, zo'n pup ontvoerd? Wie doen zulke dingen?'

Niets zeggen, Bo, dacht Julia. Niets zeggen nu. Aardig zijn. Aardig zijn is slimmer.

'Vroem?' vroeg de reus. Hij klikte de sloten van de geopende kooien weer dicht.

'Erik heeft gelijk. We hebben een taxibus klaarstaan. Je kunt je hondje behouden als je wilt. Mag ik dat mutsje even afdoen?'

Bo keek Julia vragend aan. Julia knikte. Niets zeggen. Doen wat ze zeggen...

'Het spijt me dat je hondje hier is terechtgekomen,' zei de vrouw terwijl ze aan het mutsje prutste. 'Dat moet een vergissing zijn. Dat spijt mij echt erg.'

Bo deed een stap naar voren maar Julia hield hem tegen. Ze zag de vrouw een langwerpig iets pakken en een touwtje losmaken, een hechting leek het.

'Gepiept,' zei ze. 'Je ziet er niets meer van.'

Met een taxibus weg mogen. In een taxibus met Pippeloen naar huis. Als dat waar kon zijn?

En toen ineens, toen Julia de vrouw zo vriendelijk haar best zag doen om de aardigste vrouw van de wereld te zijn en toen ze de reus zo braaf zag wachten, toen begreep ze het: ze willen van ons af. Ze willen netjes van ons af. We moeten weg.

'Lopen jullie mee? Het is naar deze kant. Maar doe die kleren even uit, als je wilt.'

Ja, dacht Julia. Ja, graag.

Ze gaf Pippeloen aan Bo en trok haar grijze pak uit. Bo zweeg. Ze pakte Pippeloen weer en wachtte op Bo. Daarna liepen ze door de lange gang, door de stomerij, langs de deuren met rode lampjes, de klapdeuren door.

Even dacht Julia: en de aap dan? En de andere dieren?

'Wij hebben de taxi voor jullie betaald,' zei de vrouw. 'Hij brengt jullie weg. Trouwens, die sleutelbos, je weet wel, mag ik die terug?'

'Aha,' zei Bo. 'Dus...'

Julia wierp een boze blik naar Bo en gaf de sleutels. 'Dank u wel,' zei ze. 'U hebt ons erg geholpen.'

'Dank u wel,' zei Bo ook.

Ze stonden bij de uitgang. En wat raar was: de deur ging open en het was klaarlichte dag. Een man met een bult op zijn voorhoofd schoof de achterdeur van een zwarte Mercedesbus open.

Julia werd slap. Ze zag hoe de reus Bo vastpakte en veel te ruw voorover de bus in duwde. Ze voelde hoe de andere man in haar arm kneep. Ze rukte zich los maar werd weer vastgepakt, door meer handen nu. Ze stootte haar been aan de trekhaak en gilde. Pippeloen sprong uit haar armen. Ze stootte zich weer, viel voorover de bus in, maar ving zichzelf handig op.

'Help!' gilde Bo.

De deur van de bus schoof dicht.

Julia trok Pippeloen naar zich toe. Bijna, bijna had ze haar met haar lichaam verpletterd.

'Ze hebben ons in de val gelokt. Ze gaan ons vermoorden,' riep Bo.

De bus startte en trok vlug op.

'Ze gaan ons in een kloof storten.'

De bus ging zo ruig door de bocht dat Julia over Bo
heen rolde. Pippeloen piepte.

'Ze gaan ons... kunnen we er niet uitspringen?' vroeg
Bo. 'Ik wil eruit.'

Ze remden ineens hard.

'Nu,' zei Bo. 'Snel. We staan stil. Open de deur!'

Julia zocht naar een handvat. Ze hoorde stemmen buiten, schreeuwend.

Bo begon te bonzen. 'Help,' schreeuwde hij. 'Help!'

Julia hield haar adem in. Bo's gebons en geschreeuw
hielp. De deur schoof open.

Bo wilde naar buiten springen maar bleef op de rand
staan.

Overal waren politieauto's met zwaailichten.

'Allo, kinderen. Wees rustig. Het is veilig,' zei een agente.

Ze stak haar hand uit en nam hen mee naar een auto.

'Wow,' zei Bo. 'Eindelijk lekkere stoelen. Waar gaan we heen?'

'We gaan naar een plek waar het rustig is,' zei de agente. 'En daarna brengen we jullie naar huis.'

Julia trilde. Ze hield Pippeloen stijf tegen zich aangedrukt.

'Hoe wist u dat we hier waren?' vroeg Bo toen de auto begon te rijden.

'Jullie hebben ons zelf gebeld,' zei de agente. 'We zochten jullie al. Dat telefoontje was duidelijk genoeg.'

Bo knikte.

'Jij wilt dat hondje zeker graag houden?'

Julia keek dankbaar op. 'Ja,' zei ze. 'Heel graag. Maar ik durf het niet aan mijn ouders te vragen.'

'Waarom niet? Je bent toch voor die hond helemaal naar hier gekomen?'

'Ja, dat is waar. Hoe weet u dat?' vroeg Julia.

'Wij zijn politiemensen, meisje. Je ouders vonden je verlanglijstje en dachten toen aan de dierenwinkel. Zo kwamen we jullie op het spoor. We wisten dat jullie in België waren. En deze firma hielden we al een poosje in de gaten. Is het een mannetje of een vrouwtje?'

'Pippeloen is een meisje,' zei Julia. 'En ik wil haar echt heel graag houden. Wilt u het niet voor mij vragen?'

Ze kende haar ouders goed genoeg om te weten dat ze eerder naar vreemden zouden luisteren dan naar hun eigen kind.

'Ik?' lachte de agente. 'Nou, ik doe mijn best.'

'En worden de andere dieren nu ook bevrijd?' vroeg Bo.

'Jullie hebben een illegaal dierproevencentrum ontdekt. Dat is niet zomaar wat, hè? Je mag echt fier zijn op jezelf. Jullie zijn jonge helden. En wees gerust, de andere dieren zullen goed worden opgevangen.'

Julia liet haar hoofd tegen Bo's schouder vallen.

Bo aaide het ruggetje van Pippeloen.

'Denk je nu dat we beroemd worden?' vroeg hij.

Julia wilde alles wel denken, alles wat Bo graag wilde.

'Jonge helden Bo en Julia ontmaskeren dierproevenbende. Honderden dieren bevrijd uit Belgische firma,' zei Bo. 'Staat dat in de krant, denk je?'

'Ja,' zei Julia.

Pippeloen keek op alsof ze ook 'ja' wilde zeggen.

'Weet jij eigenlijk waarom Pippeloen een krul in haar staart heeft?'

'Omdat ze blij is misschien,' zei Bo. 'Omdat ze bij jou is? Omdat we naar huis gaan? Nee, ik weet het. Omdat ze bij jou komt wónen.'

Julia knikte. Ja. Misschien was dat zo. Misschien mocht dat nu wel.

Het geheim van Marijn Backer

Het is een heel warme dag. De lucht boven de Zeeland-
brug wordt grijs. Ik ben elf jaar. Ik werk in een haven-
tje in Zeeland. 's Ochtends om zeven uur hang ik bui-
tenboordmotoren aan sloepjes en help vissers de haven
uit te varen. In de namiddag sta ik op de kade, vang de
terugkomende vissers weer op, roei de bootjes naar hun
plek en luister naar de stoere verhalen. Vandaag is het
zo stil dat ik besluit zelf te gaan vissen. Ik neem een wit
roeibootje en roei een paar honderd meter uit de haven
naar het eerste mosselperceel. Er zijn geen mosselkot-
ters op het water. De zee is bladstil. De stroom trekt
het ankertouw strak. Ik vis met twee hengels. De hemel
wordt langzaam paars. Ik heb boterhammen met hagel-
slag bij me. Heel lang doen over de lekkerste hap, heel
kleine hapjes nemen, dat is een geheime vistruc. Soms
bijten de vissen dan, net op het moment dat ik het lekkerste stukje neem.

En vandaag?

Ik neem een heel lekkere hap en ja hoor: de top van mijn
kleine hengel zwiept. Paling, dat zie ik direct. De top van
mijn andere hengel zwiept ook. Ik sla aan en draai op. En
draai op. Twee dikke palingen haal ik binnen. Ik herstel
mijn onderlijntjes, doe aas aan de haak en geen minuut
daarna is het weer raak. Weer twee. En daarna weer. Dik,
dikkere, dikste paling. Mijn handen glibberen van het
palingslijm. Ik heb geen tijd meer voor mijn brood. In

een uur tijd vang ik er twintig. De lucht wordt nu zo dreigend dat ik naar de haven roei. Op de kade staan mannen. Ze zijn juist terug van hun dagje vissen en hebben weinig gevangen. Ze zien mijn net. Ik ben ontzettend trots, maar doe cool, alsof ik een ervaren visser ben. Ze geloven niet dat een jongen van elf zo veel paling kan vangen... Hoe kan dat? Wat is jouw geheim, vragen ze mij.

Naast me staat Simon Hart, de oude roggenvisser. Hij kauwt pruimtabak en spuugt bruine spuug op de kade.

'Mensen denken dat ze heel ver weg moeten gaan om vis te vangen,' zegt hij met zijn oude kraakstem. 'Maar, geloof me. De vis zit overal.'

Hij zwijgt even en zegt dan: 'Maar de vis moet ook willen bijten. En wanneer ze dat doet? Dat weet niemand. Dat is geheim.'

Pssst...

Wie heeft de geheim-schrijfwedstrijd gewonnen?
Hoe heet het nieuwste boek?

Met de GEHEIM-nieuwsmail weet jij alles als eerste.

Meld je aan op www.geheimvan.nl

Op de website www.geheimvan.nl kun je:
• meedoen met de schrijfwedstrijd
• schrijftips krijgen van Rindert Kromhout
• alles te weten komen over de GEHEIM-boeken

Kijk ook op www.leesleeuw.nl

Wieke van Oordt
Het geheim van de ruilkinderen

OUDERS RUILEN
Ben je je eigen ouders zat?
Hier kun je ruilen van huis en van familie.
LET OP:
HOUD JE AAN DE RODE REGELS!

De ouders van Jacob hebben nooit tijd voor hem. Zijn moeder leest
de hele dag en zijn vader luistert altijd naar muziek. Het lijkt wel of
ze vergeten zijn dat hij bestaat.
Op het prikbord in het ruilhuis vindt hij de ideale ruil:
JONGEN gezocht om te ruilen.
Mijn ouders willen de hele tijd van alles met me doen.
Gek word ik d'r van. Ik zoek een rustig gezin.

Mirjam Oldenhave & Justin Wink
Het geheim van de maffiabaas

Justin en Jim gaan voetballen in het park. Naast een bankje ligt een man in een vreemde houding. Justin loopt ernaartoe. 'Leeft hij nog?' fluistert Jim. 'Ik geloof van wel.' Justin pakt snel het mobieltje van de man om 1-1-2 te bellen. Binnen een paar minuten is hij in een ambulance verdwenen...

Wat doe je als je een mobieltje vindt? Naar de politie brengen natuurlijk. Eerlijk is eerlijk. Maar wat doe je als er geheimzinnige sms'jes in staan? Justin en Jim weten het antwoord wel. Ze willen later bij de politie en zijn nooit ergens bang voor. Dus houden ze het mobieltje zelf.

Justin Wink is de winnaar van de GEHEIM-schrijfwedstrijd 2008